Made in the USA
Monee, IL
10 April 2024

56754065R00069